AF233797

LETTRE

DE

JÉROME POINTU,

SUR LE PROCÈS DE LA REINE D'ANGLETERRE.

LETTRE

DE

JÉROME POINTU,

FORT AU CHARBON,

A JÉROME L'ÉVEILLÉ,

FORT A LA HALLE,

SUR LE PROCES DE LA REINE D'ANGLETERRE.

Pot-pourri,
Prosaï-versi-comique.

(Par Delaugières)

A PARIS,

CHEZ LES ÉDITEURS, DUPREZ ET PROVENCE,

Rue Christine, n° 8.

1820.

LETTRE
DE
JÉROME POINTU.

Paris, ce.... Ma foi comme on voudra.

Mon ami et Confrère en différens genres.

J'ÉCRIVONS cette vétille par l'effet d'une circonstance qu'est venue comm' par l'hasard à la suite d'un événement. J'passions laut' matin su l'quai aux Fleurs. J'portions l'vrai sac sur la tête et encore autre chose ; et j'donnions (tête baissée), dans l'cours d'nos idées d'imagination, politiq'ment parlant, quand j'vîmes par aventure, un joli p'tit cahier par terre ; et j'dîmes : il faut qu'il z'ait joliment d'la vogue, puis qu'on en trouve comme ça ! Je l'ramassâmes, ben entendu.... Tudieu ! c'est l'ami Jérôme l'Éveillé qu'a z'écrit ! Faut lire. A bas l'sac ; je m'planque sur une borne : j'parcours et j'ris comme trente-six mille bossus. Mais v'là-t-i pas qu'la démangeaison d'l'envie d'é-

crire m'travaille! J'empogne un bout d'charbon
que j'taille, et j'commence comme qui suit, par
l'canal d'mon imaginative.

Air : J'arrive à pied de province.

> Quand j'eum's lu par aventure,
>   Jérôm' l'Éveillé;
> Que j'ons r'connu l'écriture,
>   J'fum's émerveillé;
> Et je m'somm's dit vail-que-vaille,
>   Dans c't'occasion—ci,
> Faut, Pointu que tu rimaille
>   Un couplet z'aussi.

Puis que j'ons commencé, j'poursuivons, et
comme je d'vons l'honneur au sexe ; j'allons céder
l'pas à la reine.

Air : Des trembleurs.

> Oui, la reine d'Angleterre,
> Fit voir en courant la terre
> Un sistêm' très-salutaire,
>   Que l'économi' dicta;
> Car, tout seul, pour son affaire,
> Courrier, chamb'lan dignitaire,
> Sans compter c'qu'est du mistère,
>   Pour ell' Bergami fit ça.

Vl'à d'l'économie!... En parlant de Bergami :
quel coco que c'cadet-là ? J'espère !

Air : *Du pas redoublé.*

Oui j'admire de Bergami
Z'et le fil et l'adresse ;
Il n'travaillait pas à demi ;
Tudieu ! quelle vîtesse !
Mais c'qui tant soit peu m'déconfit,
C'est qu'pour remplir son poste,
C'était presque toujours dans l'lit,
Que l'sir' courait la poste.

A c'qu'on a dit du moins. Le monde est si méchant, qui ne faut, comme disait c'tautre, croire jamais qu'la moitié de c'qu'on dit. Mais aussi pourquoi le roi d'Angleterre a-t-il voulu tous ces cancans. J'nons pas été si bêtes au vis-à-vis d'nos parsonnières. Heim ?

Air : *En avant Fanfan la Tulipe.*

Puisqu'il est r'connu qu'un homme,
Cheux nous quand il est cornard ;
Par la d'sus doit faire un somme
Et surtout ne pas fair' l'bavard ;
Pourquoi donc le grand roi d'Angleterre,
Qu'avait voulu tout gober aux Français,
N'a-t-il donc pas pri',
D'not' espri',
L'bon parti
De se taire,
Et' cocu c'est ben assez j'espère,
Pourquoi don' fair' tant de carillon.

(4)

Mais c'sont les *Goddams* qui sont contents de c't'affaire-là ! Les vois-tu rire ?.... Comme des vilains. Quoique ça le roi n'en veut pas démordre pas pour cent boulets d'canon ; avec ça, lui qu'est si guerrier !

Air : *Depuis long-tems je tambourine.*

Je ne sais c'qu'a l'roi dans c'taffaire,
Par son envi' d'être cornu ;
Quoique couronné le compère,
Paraît las d'avoir le front nu.

Tant pis pour lui, j'men bats l'œil ; mais c'est pour c'te pauvre reine qu'en voit des grises dans c'procès qui finira, comment ?....

J'ignore, mais, quand dans les salles,
On siffle tant de mots scandaleux,
J'disons ponr la princesse d'Galles,
Qu'c'est un procès fièr'ment galleux.   (*bis.*)

Et j'ten réponds, moi qui n'suis pas de c'pays-là. C'qui m'en plait, c'est qu'tout en s'faisant rire de lui sous toute la calotte des cieux, il ne jette pas mal un p'tit sac de ridicules sur les lords *Rostbefs* et la nation sentimentale des *Plum-pud-dings :* c'est ce que j'vais t'prouver.

Air : *Heureux comme on est à Paris.*

Puis qu'il est vrai qu'à la couronne,
La reine a ses prétentions ;
Qu'alle est mariée au peuple, au trône :
Pourquoi tant d'injurations ?
C'est qu'le roi n'veut pas (ce me semble),
Etre seul cocu dans l'procès :
Il veut que son peup' lui ressemble, (*bis.*)
Et fair' cocus tous les Anglais. (*quat.*)

Il a joliment d'la bonté ; qu'est-ce qu'en dit Jérôme ? Mais y pourrait p'têt' ben lui z'en cuire, et ça pas pu tard que bientôt : on ne se moque pas du peup' comme çà.

Air : *Tu me dis toujours des sottises.*

Par Hélen' de triste mémoire,
Je vis mettre en cendre Irlion ;
Par un' Reine d'chanceuse gloire,
On peut voir griller Albion.

Quoiqu'il n'manque pas d'eau encore. C'est vexant, tout d'même, pour les *Bifftecks*, d'être dans c'cas-ci.

Car tu vas me rendre justice,
Faut-il qu'un peup' souffre encor',
Pour une princesse qui glisse,
Ou pour un roi qu'entre au grand cor'... (*bis.*)

Tout d'même, je ressentons un p'tit mouve-
ment de jouissance de tout çà, tant seulement
qu'à cause que l'fameux lord Stanhop s'est permis
d'blaguer sur not' compte, et d'dire que j'étions
démoralisés et que j'nétions plus dignes d'être
Français ! Mille tonnères ! Les Anglais voudraient
nous mistisier !

Air : Du Faubourien.

Qu'un certain jour l'instant vienne,
Oùs qu'il voudrait nous vexer :
Dans l'genre à la faubourienne,
Comm' j'voudrions les boxer !
J'leux ferions voir sans scandale,
C'qu'est encor l'peup' français ;
Et dans l'stil à la brutale,
J'finirions vîte c'procès.
En abordant leurs cliques,
Ce s'rait à coups de triques.
Qu'j'leux frais voir,
Sans miroir,
Comm' j'faisons le d'voir.

Et d'une façon un peu soignée et à nous seul
connue. Mais puisqu'ils ont cancanné sur nous
autres, un p'tit brin de revanche ne serait pas
mal, j'crois. Je n'garantis pas c'que j'vais dire
comme aurthentique. J'lons entendu dire et pis

c'est tout. C'est un *on dit*, qui dit que c'est d'a-près ça que le roi d'la Grande Bretagne s'est résolu à faire poursuivre la reine, pardevant les lords compétents dans c'taffaire-là, attendu qu'ils s'y connaissaient parfaitement et qu'ils pourraient fort bien en juger par eux-mêmes, étant experts en pareils cas. Voici donc c'que j'avons appris. *Honni soit, qui mal y pense.*

Air : *Le bon roi Dagobert.*
Le noble *Vilainton* ★,
Prenant un lamentable ton ;
Dit l'aut jour au roi :
Sire, croyez-moi,
Vous êtes cocu,
J'en suis convaincu.
Goddam ! lui dit le roi,
J'somm's donc dans l'même cas que toi ?

Le noble lord *Pique-droit* fait une grimace de tous les diables, et dit :

Oui, sir', j'en porte au front,
Mais garderez-vous cet affront ?
Si vous m'en croyez,
Vous vous vengerez,
Par un coup d'éclat,
D'un tel attentat :
J'veux ben, lui dit le roi,
Viens donc te venger, moi z'et toi.

★ Wellingthon.

(8)

A cette nouvelle, lord Exmouth qui craint que tous les pairs du pays ne soient forcés, pour prendre le bon genre, de s'venger aussi, court tout essoufflé chez le roi, pour chercher à lui couler en douceur dans l'oreille, du côté du cœur, et qu'est bien le meilleur, un p'tit bout de r'présentation touchant l'article qu'on voulait ouvrir dans l'grand dictionnaire, sur le chapitre C. Voici comme on raconte qu'on dit qu'ça s'est dit.

Air : *Du Curé de Pompone.*

Lord Exmouth s'en va dire au roi,
Sire, qu'allez vous faire ?
Vous nous jettez tous dans l'effroi,
Quel coup pour l'Angleterre !
Ponrquoi vouloir être cocu ?
Songez au diadême !
T'es fou, dit le roi, z'évacu ;
J'veux êt' cocu... *quand même !*

Comme il n'y avait rien à siffler après çà, lord *Rembarré* tira ses guêtres et dissimula pour mieux feindre, en prenant l'parti d'la reine. Mais j'crois que j'ten avons déjà assez dit sur c'te bamboche-là. J'navons plus qu'à te sonner un p'tit mot sur nos réflexions, qu'jons faites dans la valiscence de not' imagination.

Air : *Je loge au quatrième étage.*

Je démèle dans cette cause,
Queuque chos'qui f'rait rir', ma foi,
Si par un coup d'métamorphose,
Chacun d'nous allait être roi ! (*bis.*)
Sitôt qu'jprenderions les rênes,
De not' nouveau gouvernement ;
Si pour çà je citions nos reines,
Que de procès sous l'firmament. (*bis.*)

Ah ! j'en verrions des cancans et des souverains à la diable ; et des *sacs jaunes*, et des *sacs verts*, et des *sacs* de toutes les couleurs. Ah ! mon dieu, quel charivari, quel' cacaphronie ! A propos ; il faut que j'te passe une p'tite idée en carembourg dans l'genre d'une partie d'jeu d'mots.

Air : *Comme on fait son lit on se couche.*

L'un en voyant l'fameux *saç vert*,
Prétend qu'il vaudrait mieux en jaune ;
L'autre soutient à découvert,
Qu'on en voit déjà trop su' l'trône.
Pour moi je n'vois dans tout c'mic-mac,
Qu'une chose, mais qu'est certaine ;
C'est que l'roi z'est mis dans un sac,
D'aut' couleur que celui d'la reine.

'Ah ! l'brave prince ! il met la reine au vert et lui se garde la couleur de *lune effarée*. Ah ! comme il s'connait en couleurs ! A propos, pour t'en finir, j'men vais terminer ce galimathias, qui tient d'lamphigourique et d'la blague, par te dire ce que tu sais déjà mieux qu'moi : c'est la manière leste et facile, comme quoi l'fanfan *Bergami* s'est insinué dans les bonnes grâces du vis-à-vis d'la reine ; et comment, ainsi qu'tu l'dis si bien, il a su faire claquer son fouet.

J'ai tiré l'air de *Cendrillon* pour t'arranger çà d'ssus, parce qu'un air innocent convient parfaitement à cela. Vois-tu, c'est pour qu'la critique n'prenne pas, puisque nous autres, nous sommes convenus qu'lair faisait la chanson. J'commence par finir, et j'aurons bientôt fait.

Air : *De Guilleri.*

Il était un grand homme,
Qui s'nommait Bergami,
Biribi ;
Bien taillé pour la course,
Pour la course aux brebis.
Carabi,
Bon dos,
Carabo,
Bon d'vant,
Caraban :

Compère Bergami.
C'est ce qui fit, (*bis*)
Qu'il fit tout c'qui s'en suit.

~~~~~~~~~~

Bien taillé pour la course;
Pour la course aux brebis,
Biribi.
Un jour il vit la reine,
La reine l'vit aussi,
Carabi;
Son dos,
Carabo,
Son d'vant,
Caraban,
Compère Bergami;
C'est ce qui fit (*bis.*)
Qu'en poste ell' s'en servit.

Et la *cornique* dit dans un genre mousseux :

Un jour il vit la reine,
La reine l'vit aussi,
Biribi.
Il fut chevalie' *d'suite*,
Chambellan s'en suivit,
Carabi;
C'est l'dos,
Carabo,
Le d'vant,
~~~~~~~~~~

Caraban,
Compère Bergami.
C'est l'dos qui fit ; le d'vant qui fit ,
Qu'on fit ce qu'on en dit.

~~~~~~~~~~

Je n'te cautionne pourtant pas tout ça ; mais c'que j'tassure, c'est qu'mon bout d'charbon est à bout ; et que j'nai plus que l'temps d'être , comme au bas de trente-six mille lettres :

JÉRÔME POINT

Au Port au Charbon,

A JÉROME L'ÉVEILLÉ.

Si y a réponse.

IMPRIMERIE DE BRASSEUR AINÉ.
~~~~~~~~~~

www.ingramcontent.com/pod-product-compliance
Lightning Source LLC
LaVergne TN
LVHW010251030726
842520LV00007B/2874